NON PRONUNCIARE IL MIO NOME

GIULIA AMARANTO

Nessuno sapeva perché da oltre due anni Goran Modrić non apparisse più in televisione. Era un autentico mistero, di cui spesso si parlava sui giornali e nelle trasmissioni del pomeriggio. Fino a poco tempo prima, Goran, trentenne italo-croato, era considerato la più brillante star del piccolo schermo. Aveva cominciato la sua carriera partecipando e vincendo un popolare reality show. Il pubblico era stato immediatamente conquistato dalla sua spiccata personalità, a cui si univa una poco comune bellezza. Una "bomba" su cui l'emittente televisiva principale del Paese aveva presto investito, affidandogli all'inizio programmi secondari e poi la prima serata. Il suo stile unico nella conduzione sembrava non stancare mai. Le reti televisive se lo contendevano a colpi di milioni, il cinema lo reclamava, un celebre stilista

lo aveva ingaggiato come testimonial di un profumo che aveva ottenuto grande successo e sui social il numero dei suoi follower era di poco inferiore a quello di una nota showgirl argentina. Goran era, insomma, il Re Mida della tv e del mondo patinato, e la sua ascesa fulminante faceva invidia a tutte le aspiranti stelle del settore.

Di punto in bianco, però, Goran era sparito. Completamente, senza lasciare alcun indizio su cosa gli fosse accaduto. In televisione non lo si vedeva più, il suo profilo social non veniva aggiornato (l'ultimo post su Instagram lo ritraeva dietro le quinte di un servizio fotografico) e sui tabloid nessuno pubblicava paparazzate o news recenti.
I giorni passavano ma di Goran non si sapeva nulla. Si era diffusa la voce che fosse in fin di vita e i vari blog ipotizzavano questa o quell'altra malattia; tramite un comunicato stampa diffuso dalla sua agenzia, però, Goran aveva fatto sapere di stare bene e aveva chiesto di rispettare la decisione di allontanarsi dalle scene. Non si sapeva nient'altro.
E chi l'avrebbe detto che sarei stato proprio io a scoprire cosa gli era accaduto?

Spesso mi ritrovo a ripercorrere la storia sin dall'inizio, attraverso le pagine del diario che ho scritto, in modo tanto frenetico quanto assiduo, in quel periodo.
Leggetelo insieme a me per conoscere tutta la storia...

Milano, 3 luglio

Sono così sconvolto da quello che è successo oggi che mi sono guardato allo specchio e mi sono detto: "Ma davvero è capitato a me?". A me, Manuel Faletti, addetto alla frittura di patatine al *McDonald's*, anzi, ex addetto alla frittura di patatine al *McDonald's*, visto che mi sono licenziato! Porca miseria, ho venticinque anni, ho studiato da cuoco... non meritavo quella fine, accidenti! Sapevo che prima o poi il mio momento sarebbe arrivato, ma... Wow! Non immaginavo certo una cosa del genere! Ancora stento a crederci: sono ufficialmente lo chef personale di Goran Modrić!!! Sì, quel figo spaziale che si è ritirato dalla tv, un paio di anni fa, dopo aver fatto i milioni! Dio, sono così su di giri che chiamerei uno per uno gli amici della comitiva, lo direi a tutti quelli che incontro per strada... ma non posso dirlo neanche a mia madre e mio padre. Ho firmato un contratto con una sola e unica clausola: non devo rivelare per nessun motivo per chi lavoro e nulla di ciò che accade in casa sua. Mi rode, ovvio, per una volta che mi capita una botta di culo di quelle grosse, ma se voglio tenermi il lavoro (e il ricco stipendio) devo tenere la bocca cucita. Per questo mi è venuta la voglia di scrivere questo diario, così ho la sensazione di dirlo a qualcuno! Magra consolazione, lo so. È come vincere un Oscar e non poterlo dire a nessuno. Vabbè... per una volta il mio lato "gossiparo

isterico” dovrà starsene lì buono buono.
Che rinco, non ti ho ancora detto come sono arrivato a questo impiego!
È successo tutto quasi per caso. Mi ero rotto le scatole di friggere patate e così un bel giorno mi sono detto che se non mi fossi licenziato sarei invecchiato nella puzza di olio e non avrei mai fatto il cuoco. Allora sono andato dal responsabile e gli ho dato il preavviso. Dopo dieci giorni me ne sono potuto andare, tanto avevano già un sostituto.
Mi sono messo a cercare un lavoro e sono incappato in questo annuncio:

"Cercasi cuoco/a a domicilio. Ottimo stipendio. Il/la candidato/a sarà scelto/a sulla base della preparazione di una pietanza richiesta al momento della selezione. Requisiti richiesti: carattere riservato e capacità di adattamento."

Anche se non mi definisco esattamente una persona riservata, ho pensato che non fosse poi granché importante. Dopotutto devo cucinare, no? E cacchio, se so cucinare! Ho inviato la mia candidatura e sono stato contattato il giorno dopo. La tipa dell'annuncio mi ha detto dove presentarmi, e che ci avrebbe pensato il portiere a indirizzarmi all'appartamento giusto. Dovevo solo dirgli che ero lì per l'annuncio.
Fin qui tutto regolare, finché non sono arrivato all'indirizzo indicato. Ho suonato, mi hanno fatto entrare. Ho capito subito che è un condominio signorile, ma nulla di particolarmente lussuoso. Il

portiere, impettito come uno stoccafisso, mi ha indicato il piano, appena gli ho detto dell'annuncio. La tipa con cui avevo parlato al telefono, una ragazza scheletrica vestita di blu, mi ha aperto la porta e fatto accomodare. Si è presentata ma non ricordo assolutamente il suo nome. Col caldo che fa mi sono comunque vestito con camicia e pantaloni, per sembrare professionale. Ho cercato di fare il disinvolto, ma poi mi sono ricordato che il requisito richiesto era il carattere riservato e così ho finto di essere una specie di muto e ho risposto solo alle domande. Ci ho messo un po' a capire che non è per lei che lavorerò. La tipa mi ha detto che la persona per cui dovrò cucinare è un uomo molto importante, che per ragioni private non potrò mai vedere di persona. Il mio compito sarà cucinare, preparare la tavola e poi andare via, a meno di non ricevere altre istruzioni, talvolta esuli dalla mera cucina (ah, ecco perché l'annuncio diceva "capacità di adattamento", mi sono detto). Ad esempio, ritirare un capo dalla lavanderia o simili.
- Il padrone non esce di casa, salvo in casi eccezionali - mi ha avvertito la tipa.
- Ha problemi motori? - e mentre lo chiedevo pensavo al film *Quasi Amici*, con il coprotagonista tetraplegico.
- No! - mi è stato risposto, con un tono sorpreso, come se avessi detto un'assurdità.
- Saprò il suo nome, almeno? - mi sono ritrovato a chiedere, quando pensavo di essere entrato un minimo in confidenza. Lei mi ha sorriso, con una

punta di falsità.
- Solo nel caso in cui lei sia assunto.
Il colloquio è terminato lì. La parte pratica era la più importante. Poi la tipa mi ha chiesto di seguirlo in cucina e così, attraversando qualche stanza, ho avuto modo di farmi una vaga idea della casa. Sembra spoglia, diciamo essenziale, nell'arredamento, ma molto elegante e curata. Sicuramente c'è tutta roba costosissima, figuriamoci. La cucina è praticamente una bomboniera, con un frigo ampio e bellissimo, pentole di rame appese qua e là, ma in perfetto ordine, e un piano cottura degno di un ristorante stellato.
La tipa ha aperto il frigo e mi ha detto:
- Cucini un piatto a sua scelta con gli ingredienti che trova qui e in dispensa.
Mi sembrava di essermi catapultato a *MasterChef*, nel *pressure test*! Avrei riso, se non fossi stato un po' teso. Il frigo offriva poco, quasi niente, ma credo fosse parte del test. La tipa mi ha mostrato la fornitura di pentole e posateria, sistemata con precisione. In tre secondi ho pensato a cosa potessi preparare con quei semplici ingredienti. Ho preparato una crepe ripiena di verdure croccanti, saltate in padella, e per fare il figo ho anche improvvisato un dolce al cucchiaio con la ricotta e delle mandorle caramellate. Ho impiattato al meglio delle mie possibilità, e devo dire che alla fine ero più che soddisfatto.
La tipa si è allontanata con i piatti. Io sono rimasto in cucina, immobile come una statua per timore

che da qualche parte ci fossero delle videocamere (il solito fissato!).
Dopo una ventina di minuti, la tipa è tornata senza piatti.
- Prendo una penna. Il contratto è pronto, deve solo leggerlo e firmare.
Per un attimo mi sono sentito tipo Willy Coyote quando riceve una batosta e le stelle gli girano tutto intorno alla testa. Poi, passato lo stordimento, mi sono sentito felicissimo! Cavolo, avevo un lavoro vero!
La tipa mi ha portato in un salottino. Su un tavolino di vetro, accanto a un vaso di gerbere rosse, c'era il mio contratto. Quando ho letto il nome di Goran Modrić ho avuto una specie di annebbiamento della vista. Ho letto e riletto quel nome venti volte, poi ho alzato la testa verso la tipa, come a chiedere conferma che fosse proprio quel Goran Modrić che tutti conoscono. Lei ha fatto un vago cenno con la testa, come se non volesse dare eccessiva importanza alla cosa. Io ho letto per bene il contratto e poi ho firmato, con la mano che mi tremava dall'emozione.
- Si presenti domattina alle dieci. Ricordi che ha firmato un contratto di estrema riservatezza - mi ha congedato la tipa.
Come se potessi scordarmelo! La penale sarebbe elevata, se facessi trapelare qualche informazione, perciò mi guarderò bene dal dirlo a qualcuno!
Oddio, se ci penso! Assunto da Goran Modrić per una semplicissima crepe e poco più!
Sto pensando a quello che mi ha detto la tipa,

ossia che non potrò mai vedere Goran di persona. Ah, le bizze dei vip! In ogni caso, prima o poi dovrà capitare per forza di incontrarlo, visto che lavorerò a casa sua. E, ti dirò, non vedo l'ora. Se in tv è un gran pezzo di figo, figuriamoci dal vivo...

Milano, 4 luglio

Oggi è iniziato ufficialmente il mio lavoro presso Goran. È stata una giornata ancora più assurda di ieri. Non lo credevo al cento per cento, ma a quanto pare Goran non ha alcuna intenzione di uscire dalla sua stanza, se ci sono io in giro. Quando sono arrivato al piano, la porta era già aperta. Ho chiesto il permesso di entrare almeno quattro volte, e mi aspettavo che sbucasse la tipa, o Goran in persona, ma nessuno è venuto ad accogliermi e quindi sono entrato. Su un ripiano, accanto a un vaso di tulipani gialli (i fiori devono piacergli parecchio!) c'era una lavagnetta con su scritto, a caratteri cubitali: PER MANUEL. Impossibile non vederla. Mi si è un po' gelato il sangue, non so perché, poi ho proseguito la lettura. Le altre cose erano scritte a caratteri più piccoli, con una grafia confusa e a tratti illeggibile. Il messaggio indicava pure dove andare a fare la spesa. Figuriamoci se poteva accontentarsi di un qualunque supermercato! Il menu di oggi avrebbe dovuto essere a base di pesce. Potevo sbizzarrirmi, a patto di evitare

merluzzo e rana pescatrice, pesci non graditi. Ho letto il messaggio fino alla fine, tornando più volte su due parole che proprio non riuscivo a decifrare. Erano due ingredienti che non sopportava, quindi dovevo assolutamente sapere quali fossero! Mai vista una grafia più rognosa da leggere. Non volevo rischiare di sbagliare, proprio il primo giorno di lavoro, perciò ho deciso di andare a chiederglielo. Dai gesti della tipa, ieri, ho capito dove si va a rintanare Goran, per cui sapevo che direzione prendere. Ovviamente la curiosità di andare a sbirciare nelle stanze era a mille, ficcanaso come sono, ma l'idea di videocamere nascoste mi ha fermato in tempo. Lavoro per la più grande (ex?) star maschile del Paese, col cavolo che butto all'aria una fortuna del genere! Comunque, da quello che ho intravisto ieri, la casa ha l'aria di essere poco vissuta.
Sono andato diretto verso la sua stanza, calcando i passi per annunciarmi. Ho bussato, più piano che potevo.
- Signor Modrić, sono Manuel... Sono mortificato per il disturbo, ma non sono riuscito a leggere un paio di ingredienti...
Ho smesso di parlare, per avere almeno un cenno della sua presenza. Ho sentito solo un rumore ovattato, secco. Era certamente lì dentro.
- Signor Modrić?
- Non pronunciare il mio nome - mi ha risposto in tono brusco.
Dio, ho pensato, mi considera proprio una merda, se neanche sono degno di chiamarlo. Me lo sono

immaginato dietro la porta, bello come un dio, con quel pomo d'Adamo appuntito, così virile. Bello e maledettamente pieno di sé.
- Signore, ha sentito cosa le ho detto, prima?
- Cos'è, non sai leggere?
Il tono era veramente acido, e per un attimo mi è venuta voglia di mandarlo affanculo. Ho preferito ignorare il mio orgoglio ferito.
- Signore, si tratta delle due prime parole dopo "sono vietati assolutamente". Carote o carciofi? E poi non capisco... olive o alici?
Sono rimasto in silenzio, in attesa del responso. Dopo qualche istante ha detto:
- Lo stampatello lo capisci? Così domani te lo scrivo in stampatello... - poi, abbassando la voce, - come i bambini della prima elementare.
A quel punto davvero la pazienza mi stava venendo meno, ma sono rimasto imperturbabile.
- Giuro che non la disturberò oltre. Mi basta solo che...
- Carciofi e olive - ha scandito, con la condiscendenza che avrebbe riservato a un povero scemo.
Non posso fare a meno di pensarlo: sarà pure bello, ricco e di talento, ma è un grandissimo stronzo. A costo di metterci un'ora a decifrare le parole, giuro che non lo interpellerò più!
Comunque... L'ho ringraziato, poi sono uscito per fare la spesa. Naturalmente, appena sono andato via dal palazzo, quindi certo che non ci fossero videocamere, gli ho dedicato un bel dito medio. Tiè! Che sollievo!

Al ritorno dalla spesa mi sono subito messo al lavoro. Ho cercato il pentolame necessario e ho preparato un caciucco con i pesci più buoni che avevo trovato nella pescheria indicata, dei crostini aromatizzati alle erbe e un dessert al frutto della passione. Come da istruzioni, ho apparecchiato la tavola, disposto le pietanze e poi suonato il campanello (come nei ristoranti!) per avvertire che era pronto. Ho preso le mie cose e sono andato via, prima che il padrone uscisse dalla stanza, come richiesto.
Ridicolo, me ne rendo conto. E se i miei amici lo sapessero rideremmo di gusto... Questi vip, che si credono stocazzo! Sì, lui è Goran Modrić, per carità, e a me è sempre piaciuto, ma arrivare a questi livelli mi sembra esagerato. Se uscisse per stringermi la mano e ringraziarmi cosa succederebbe? Mica cascherebbe il mondo! Ci vorrebbe così poco per essere gentile, ma si vede che lui si sente superiore a tutti... Figuriamoci a me, giovane cuoco con un curriculum da friggitore di patatine! Spero almeno che gli sia piaciuto quello che ho cucinato...

Milano, 5 luglio

A pensare a quello che è successo oggi mi sento ancora male.
Dovrei essere più arrabbiato con me stesso, per essere stato un cretino, o con lui per avermi umiliato?

Avevo un entusiasmo pazzesco, stamattina. Mi frullavano in mente dei bei piatti di carne, supponendo che oggi avrebbe preferito quelli, e speravo anche di ricevere complimenti per il pranzo di ieri, anche se immaginavo sarebbe stato difficile. L'entusiasmo è andato subito a ramengo, però, appena sono entrato in casa. Sulla lavagnetta c'era scritto, in stampatello:

VERGOGNA

È stato come ricevere una coltellata nello stomaco. Perché? Cosa avevo sbagliato? Avevo assaggiato tutto ed ero certo di aver cucinato bene, anzi, benissimo. Mi sono sentito così mortificato che il primo pensiero è stato quello di uscire da dove ero entrato e non mettere più piede in quella casa. Avevo un groppo in gola come poche altre volte nella vita. Quella brutta parola, vergogna, sembrava bruciare insieme al mio viso, rosso di imbarazzo.
Per fortuna, dopo qualche minuto di sconforto, mi sono deciso: non solo dovevo restare, ma dovevo andare a chiedere spiegazioni. Meglio sentirsi raccontare una amara verità che rimanere nel dubbio.
Mi sono fatto coraggio e mi sono diretto verso la sua porta.
- Buongiorno, signore - mi tremava un poco la voce, e ho cercato di darmi un tono per non sembrare un rammollito. - Posso sapere perché ha scritto quella cosa?

- Vergogna - ha tuonato.
Ma che cazzo ho fatto?, mi ripetevo.
- Per una cosa del genere potrei mandarti via.
- Cosa, signore? - ancora non capivo.
- Ti sei permesso di lasciare la cucina in quello stato, ecco "cosa, signore"! Le pentole sporche, la puzza di pesce... Cristo, almeno l'immondizia!
Lì sono sbiancato. Nessuno mi aveva detto che dovevo lavare i piatti, credevo ci fosse qualcuno adibito a quel ruolo, una volta terminato il pasto! D'altra parte, per un cuoco poteva essere una umiliazione fare anche il lavapiatti; io ero stato assunto per cucinare, cazzo! Anche se, effettivamente, si era parlato di capacità di adattamento...
- Mi dispiace, signore. Sono mortificato.
Volevo sprofondare, davvero.
- Per colpa della tua boria ho perso l'appetito. Ho buttato via tutto.
Un'altra coltellata. Non aveva neppure mangiato ciò che gli avevo preparato?
- Non è stato fatto per boria, signore... Non credevo fosse mio compito ripulir...
- Come ti sei permesso di farmi trovare le teste di pesce ancora in casa?
- Erano ben chiuse nella busta... Io non...
- Hai anche la spregiudicatezza di controbattere? Taci, almeno! Sono disgustato.
Sono rimasto zitto.
- Colpa tua se ho buttato quel cibo. Ficcati in testa che tu non sei uno chef stellato, che il tuo dovere non finisce quando hai messo una fottuta

decorazione sul dessert. Io devo mangiare nell'ambiente più pulito possibile!
Ci è mancato poco che mi mettessi a frignare come un ragazzino, per l'umiliazione e la rabbia. Ho ingoiato il groppo in gola e stavo per accomiatarmi con un "chiedo perdono" quando Goran ha sbottato:
- Torna al lavoro e non ti azzardare a non presentarti domani. Hai capito? Non ti azzardare a non presentarti domani.
Non ho osato rispondere e mi sono diretto mogio mogio verso la cucina. Che bastardo, lui, a trattarmi come una pezza da piedi! Che coglione, io, a non immaginare di voler lasciare la cucina immacolata come l'avevo trovata! Come accidenti avevo fatto a non notare la pulizia maniacale della casa? Adesso tutto mi tornava. L'arredamento essenziale, la quasi assenza di suppellettili, vasi di fiori freschi a parte, per consentire probabilmente un minor accumulo di polvere. Sì, ora che ci facevo caso tutto era perfettamente pulito, quasi sterile. Che fosse allergico alla polvere? O solo fissato con la pulizia? Certamente non è lui a pulire. Deve esserci una persona delegata a questa mansione, ma evidentemente lavare i piatti è mio dovere. Perché allora non specificarlo? Lo considerava così scontato? O forse la sua assistente, la tipa del primo giorno, si è semplicemente scordata di avvisarmi? Stupido io, a credere di essere stato assunto solo come cuoco...
Comunque, ho fatto di tutto per non lasciarmi

andare alla tristezza e sono uscito subito a far spesa. Ho cucinato i piatti di carne che avevo in mente, visto che non avevo ricevuto direttive sul menù, ho servito in tavola, dopo aver reso di nuovo la cucina immacolata, portando via anche la poca spazzatura. Spero che stavolta abbia mangiato e mi auguro anche con piacere. Almeno potrò recuperare qualche punto, visto il disastro che ho combinato!

Milano, 6 luglio

La mia capacità di farlo incazzare è sempre al top. È mai possibile?
Ormai ho il panico, all'idea di leggere cosa c'è scritto sulla lavagnetta, ma oggi diceva solo: "gradirei risotto e un secondo di verdure", per cui ho tirato un sospiro di sollievo che non ti dico. Ero così gasato che ho fatto la cazzata più ingenua che potessi fare: andargli a chiedere se gli fosse piaciuto il pranzo del giorno prima. Si può essere più coglioni, visto il tipo di persona che è?
Non solo! Ho osato chiamarlo per nome e lui ha detto una cosa strana... Ecco com'è andata.
- Buongiorno, signor Modrić.
Dall'altra parte silenzio. Allora, pirla che non sono altro, ho ripetuto:
- Buongiorno, signor Modrić.
- Ma cosa sei, un ritardato? - ha sbottato. - Non ti devi azzardare a pronunciare questo nome, quante volte lo devo ripetere?

Gli ho chiesto scusa e nel frattempo mi conficcavo le unghie nei palmi, per non scoppiare dal nervosismo.
- Io non sono più Goran Modrić! - ha urlato.
Lì per lì sono rimasto così male per il suo tono di voce che non ho fatto caso alla frase, ma poi ci ho pensato e ripensato. Ma ti dico dopo...
- Cosa vuoi?
- Nulla, signore, solo sapere se è stato contento del mio lavoro, ieri...
- Cosa sei, una pecora? Parla più forte.
Ho ripetuto la mia sciocca richiesta.
- Se cucinassi male ti pare che avrei timore di mandarti via?
- No, certo.
- E allora è una perdita di tempo sia per me che per te venire a chiedermelo.
A quel punto mi sono allontanato. Ma guarda te se devo cucinare per uno stronzo simile!
Chi se lo immaginava, vedendolo in tv, che fosse un tipo tanto arrogante e maleducato? Comunque ho pensato a lungo, mentre gli preparavo il pranzo, al significato di quella frase, "io non sono più Goran Modrić". Che avrà voluto dire? Intendeva dire che non è più il personaggio pubblico che tutti conosciamo? O è successo qualcosa che ha sconvolto la sua vita a tal punto?

Milano, 7 luglio

Si aggiunge un altro tassello alle stranezze di

questa casa asettica come un ospedale: mancano gli specchi. È stato bizzarro andare in bagno e non vedere subito la mia immagine riflessa. Niente, solo un vuoto laddove prima uno specchio doveva esserci stato, suppongo. Tornando dalla toilette, ho dato una rapida occhiata alle camere lasciate aperte e non ho visto alcuno specchio. Questa scoperta mi ha scioccato, perché ho capito che deve essere successo qualcosa, a Goran, che gli rende doloroso guardarsi. E pensare che lui era un gran narcisista, consapevole della propria bellezza! Ho pensato anche che potrebbe essergli successo qualcosa a livello psicologico, non lo so, una sorta di rifiuto di sé, ma questa ipotesi non mi convince. Temo sia un problema fisico. Di solito sono piuttosto intuitivo, su faccende del genere. Non ho quasi dormito, tanto ho pensato a Goran e a cosa potrebbe essergli accaduto. Ho controllato su Google, ma ovviamente non ci sono notizie, solo supposizioni. Impossibile sapere qualcosa, insomma. Deve essere qualcosa di serio, se ha rinunciato al suo lavoro e se teme di farsi guardare anche da un dipendente, quale io sono. E forse il suo carattere è cambiato in seguito a questa cosa? Mi arrovello su queste elucubrazioni e guardo spesso le sue foto online, il profilo Instagram non aggiornato da due anni, il sito web ufficiale ormai inattivo. Cavolo, è così attraente... affascinante... Di fighi simili ce ne sono pochi! Ma che gli è successo?

Milano, 14 luglio

Sono trascorsi alcuni giorni dall'ultima volta che ho scritto. Non ne ho sentito l'esigenza, perché tutto si è svolto senza intoppi. La mattina seguivo le istruzioni sulla lavagnetta, facevo la spesa, cucinavo, mettevo in ordine e andavo via. Nessun tipo di contatto con Goran. Era come se non fosse in casa, non si sentivano quasi mai rumori provenire dalla sua camera. Pensavo e ripensavo alla sua condizione, al mistero degli specchi e del suo ritiro dal mondo.
Se oggi ho deciso di scrivere è perché ho il morale a terra, così tanto che ho difficoltà persino a scrivere quello che è successo; ma forse mi farà bene sfogarmi.

Avevo appena suonato il campanello del pranzo, per avvertirlo che era tutto pronto e che stavo per andare via. Ero sul punto di aprire la porta e uscire quando sono stato colto da un impellente bisogno di usare il bagno. Ho riflettuto un attimo, poi ho pensato di fare una scappata rapidissima, credendo di avere ancora un paio di minuti prima che Goran uscisse; ma ho sbagliato i miei calcoli. Mentre mi dirigevo verso la toilette, Goran usciva dalla stanza. Ho fatto un sobbalzo, portandomi la mano sul cuore, non so se più per lo spavento di essere stato sorpreso o per ciò che ho visto: la faccia di Goran non è più quella di prima. All'angolo delle labbra, scendendo fino al mento, una specie di

escrescenza, delle dimensioni di un'albicocca, deturpa l'armonia del suo viso.
In un attimo Goran ha estratto da una tasca un pezzo di stoffa e si è coperto quella parte del viso. I suoi occhi erano brace viva e sapevo che sarebbe arrivata una sfuriata che non avrei mai dimenticato. Ha cominciato a urlare che non dovevo essere lì, che quando suono il campanello devo andare via immediatamente. A questo sono seguiti vari insulti. Non capivo bene tutto ciò che strillava, per via della stoffa premuta sulla faccia. Sembrava impazzito. Io sono rimasto lì, come inebetito, con la testa bassa, mentre il cuore pompava a mille e il battito sembrava rimbombarmi nelle orecchie. Avrei voluto sparire dalla faccia della Terra e quando mi ha gridato di andarmene mi sono quasi messo a correre, come un bambino. Ero così turbato che non ho potuto fare a meno di piangere, in ascensore. Ho fatto un po' di saliscendi a vuoto, perché non volevo che il portiere mi vedesse in quello stato, poi mi sono deciso a uscire. È stato terribile…

Va da sé che ho perso il lavoro. Non oso certo ripresentarmi lì, dopo quello che è successo, me ne mancherebbe il coraggio. La cosa strana è che non so se essere più triste per me o per lui! Anzi no, lo so: sono più triste per la sua condizione! Non sono un medico e ignoro cosa sia quella roba che gli devasta il viso, ma deve essere qualcosa per cui non deve esserci rimedio, altrimenti non avrebbe preso una decisione tanto grave come

lasciare un impiego milionario! Ho tentato di documentarmi su Google, per capire se è un tumore, o a altro, ma non è certo su Internet che si fanno le diagnosi.
La sua immagine forse rovinata per sempre! Il dolore di riabituarsi a una faccia nuova... Chissà se ha dovuto reimparare a masticare, adattandosi alla diversa conformazione del volto... Lo so, c'è di peggio al mondo, ci sono paralisi complete e malattie degenerative, ma non credo che questo lo consoli. Nessuno, quando sta male, si risolleva pensando a chi sta peggio. È nella natura umana. Non può esserci una scala del dolore, non è possibile stabilire chi soffre meno e chi di più, perché ognuno sopporta il dolore a modo proprio...
Davvero, sono così triste per lui! E non posso sfogarmi con nessuno!

*

Mi ha telefonato!!! È stato così strano! Sono ancora scombussolato, perché non avrei mai lontanamente immaginato che l'avrebbe fatto... Pensavo avesse messo una X formato gigante sul mio nome, invece mi ha richiamato poco fa. Avevo appena finito di cenare, quando ho ricevuto una chiamata da un numero privato. Credevo fosse un call center ed ero già pronto a rispondere in malo modo, quando mi sono sentito chiamare per nome.
- Manuel?

Sono rimasto di sasso perché ho capito immediatamente che si trattava di lui.
- Sì, signor… - stavo per dire Modrić ma mi sono fermato in tempo.
- Voglio accertarmi che domattina verrai. Verrai?
Il suo tono di voce era un misto tra risolutezza e imbarazzo. Ho esitato, basito dalla sua richiesta. Ma come, dopo tutto il casino che avevo combinato?! Ho atteso che aggiungesse altro, ma lui è rimasto in silenzio. Ho ascoltato il suo respiro, per qualche istante, poi ho risposto:
- Se lei vuole, verrò.
- Pensavi di mollare, quindi. Se non ti avessi chiamato non saresti più venuto.
- Davo per scontato che...
- Non devi mai dare niente per scontato, con me. Ti voglio qui domani alla stessa ora di tutte le altre volte, ma prima della spesa passa da me.
- Sì, sì - ho balbettato, sempre più basito.
Senza una parola di commiato, Goran ha chiuso la comunicazione. Sono rimasto come un coglione, col telefono in mano. Mi ha preso un'ansia pazzesca e per scacciarla ho fatto una bella sudata sul tapis roulant, con la musica di Drake sparata ad alto volume negli auricolari. Non ha mica funzionato granché... Sarà meglio che me ne vada a dormire.

Milano, 15 luglio

Quasi mi tremano le dita, mentre scrivo... Voglio

ripercorrere tutto, per filo e per segno, perché mi sembra così incredibile...
Sono arrivato puntualissimo, non ho quasi guardato la lavagnetta perché non stavo nella pelle di passare da lui. Già immaginavo di bussare alla sua porta ed essere accolto nella sua stanza, per ascoltare ciò che aveva da dirmi. Invece non mi ha fatto entrare e ci siamo parlati attraverso la porta chiusa. Ho una memoria di ferro, quindi riporterò il nostro dialogo esattamente come è avvenuto, senza soffermarmi sulle mie emozioni e sui vari silenzi di imbarazzo che purtroppo hanno preceduto molte mie risposte.
- Signore, sono arrivato.
- Bene, Manuel.
- Ha detto che voleva che passassi da lei, prima di uscire per la spesa.
- Voglio sapere cosa hai pensato, ieri.
- Ho pensato di essere stato irrispettoso. Non parlo del nostro contratto... Intendo irrispettoso nei suoi riguardi. Era mio dover...
- Lascia perdere, questo lo abbiamo già chiarito. Voglio sapere cosa hai pensato quando mi hai visto.
- Ero troppo concentrato sul mio errore, non...
- Non prendermi in giro!!! Dimmi cosa hai pensato. Sai a cosa alludo.
- Nulla, le ripeto che in quel momento...
- Ascolta, Manuel. Io sono sfigurato e tu lo hai visto. Non prendermi in giro e dimmi cosa hai pensato.
- Che mi dispiaceva. Che il suo dolore deve essere

molto profondo.
- Quindi la situazione ti sembra oltremodo grave, se pensi che il mio dolore sia molto profondo. Perché non rispondi?
- Nulla, signore. È una conversazione che non pensavo di affrontare.
- Lo so! È per questo che hai firmato un contratto di estrema riservatezza ed è per questo che mi sono adirato. Tu non avresti dovuto vedermi.
- Le chiedo scusa.
- Hai provato dispiacere, hai detto. Suppongo anche pietà. Rispondi.
- Empatia...
- Usare parole più belle non cambierà la verità. Non è empatia, è pietà. Hai pensato: "Povero Goran, con quella faccia deforme! Lui che della sua bella faccia ha fatto un business!"
- Non è solo per la sua avvenenza che ha fatto tutta quella fortuna.
- Senti, Manuel, ti avverto: non puoi fottermi facilmente, io sono uno stronzo intelligente e tu mi stai prendendo per il culo! Credi davvero che io mi beva le tue stronzate? Lo sappiamo bene entrambi a cosa devo la mia fortuna! Alla mia faccia! La mia cazzo di faccia! E nessuno me la ridarà indietro!!!
- Io credo che il pubblico la amerebbe in ogni caso.
- Ora mi stai facendo incazzare sul serio. Cosa sei, un prete? Non ti rendi conto che là fuori c'è un mondo di serpenti? Con questa faccia potrei solo elemosinare qualche ospitata strappalacrime!

Preferirei spararmi un colpo, piuttosto! Goran Modrić è finito, lo vuoi capire?
A quel punto non ha detto più nulla. A me veniva da piangere per il tono disperato con cui aveva pronunciato l'ultima frase. Ho atteso qualche altro minuto; poi, capendo che non voleva più parlare, sono andato in cucina e mi sono messo al lavoro, cercando di preparargli qualcosa di veramente eccezionale. Ho cucinato con tutta la mia passione e, assaggiando le varie portate, mi commuovevo al pensiero che forse gli avrebbero dato un pochino di gioia.
Pensavo di aver già vissuto le emozioni più forti della giornata, dopo le sue parole, perciò neppure sospettavo di doverne vivere altre. Avevo appena suonato il campanello quando mi sono sentito chiamare da Goran. Per poco non mi veniva un colpo. Mi sono precipitato verso la sua porta e gli ho chiesto se gli occorresse qualcosa. Ciò che mi ha detto mi ha spiazzato.
- Non ti immaginavo così, Manuel. Mi ero fatto un'idea totalmente diversa.
- Quale? - ho domandato a mezza voce.
- Ieri mi aspettavo di trovarmi di fronte a un ragazzotto corpulento... a una specie di grosso topo che se ne sta chiuso nelle cucine.
Ho aspettato con trepidazione il seguito del discorso, ma non aggiungeva nient'altro. Allora, fingendo noncuranza su ciò che aveva appena detto, gli ho fatto presente che era pronto in tavola. Lui, anziché congedarmi, ha proseguito:
- Non prenderla come un'offesa alla tua cucina,

ma se ti ho richiamato dopo quello che è successo ieri... è perché sei tutt'altro che un grosso topo da cucina.
Solo a ripensarci vado di nuovo in fibrillazione. Goran Modrić, anche se in modo velato, mi ha fatto un complimento sul mio aspetto. Potevo aspettarmi un simile regalo? Ora, io so di non essere un brutto ragazzo, ho avuto e ho i miei corteggiatori, per carità; ma che sia Goran, il mitico Goran, a dirmelo... be', questo è il massimo. Mi vergogno solo a pensarlo, ma... chissà se ha fatto qualche fantasia su di me. Dio, svengo!
- Adesso ho appetito. Ci vediamo domani.

Milano, 16 luglio

Pensavo che avesse usato l'espressione "ci vediamo domani" tanto per dire, visto che non esce dalla sua stanza se c'è qualcuno in giro; invece oggi ci siamo visti davvero.
Ero preso dalla preparazione dei ravioli ripieni al salmone e lime quando ho sentito il lieve cigolio della porta che si apriva e poi i passi di Goran verso la cucina. Non potevo crederci! D'istinto ho assunto una postura migliore, come per darmi un tono, e ho dato una rapida controllata al piano di lavoro, abbastanza pulito. Goran è entrato in cucina, con una specie di bandana che gli copriva il viso dalla metà del naso in su.
- Buongiorno, signore - l'ho salutato, tentando di

non farmi prendere dall'ansia. Volevo sembrare a tutti i costi un giovane chef sicuro di sé.
- Avevo voglia di rivederti.
Lo so, è assurdo, ma è esattamente quello che ha detto. Dio, i suoi occhi! Goran Modrić... E voleva rivedere me!
Dire che mi sarei coperto la faccia con una padella è il minimo, ma ho fatto finta di non dare peso alla cosa e mi sono limitato a sorridere. Goran è rimasto in piedi, con una spalla poggiata allo stipite della porta. Avevo il terrore che restasse lì a fissarmi in silenzio, quindi ho cominciato a raccontargli cosa stavo facendo, tipo com'era composta la farcitura dei ravioli e come li avrei conditi. Sembravo una specie di isterico. Lui si limitava a fare qualche cenno con la testa, come se non gliene potesse fregare di meno, e continuava a guardarmi. Quando non ho saputo più che dire e mi sono sentito uno scemo, mi sono concentrato sulla zeste di lime.
- Se ti avessi visto sin dal primo giorno, avrei gustato i tuoi piatti con piacere ancora maggiore, Manuel.
Non ho osato sollevare lo sguardo, perché mi sono come raggelato (in positivo, ovvio). Meno male che, dopo aver detto questa cosa super imbarazzante per me, Goran è andato via e non si è fatto più vedere.
Sto ridendo come un cretino, mentre scrivo. Sono felice, stile adolescente alla prima cotta, e non riesco a prendere sonno. Che ti succede, Manuel? Non starai perdendo la testa? Oddio, quando

inizio a parlare in terza persona vuol dire che sono messo male...

Milano, 17 luglio

Che sorpresa stamattina, quando sono arrivato a casa di Goran! Sulla lavagnetta c'era scritto: "Mai mangiati ravioli migliori".
Ho fatto un sorrisone gigante, tipo lo Stregatto di *Alice nel Paese delle Meraviglie* e mi sono sentito come se avessi appena ottenuto una stella *Michelin.* È stato meraviglioso e mi ha infuso una carica pazzesca: ho cucinato da dio anche oggi, modestia a parte, e mi sono messo a fantasticare sul mio futuro. Chissà, forse una personalità come Goran potrebbe metterci una buona parola e farmi assumere in qualche ristorante di prestigio... Vabbé, meglio non far galoppare troppo la mente! E poi, a dirla tutta, continuare a lavorare per lui sarebbe un sogno lo stesso.
Anche oggi c'è stato un contatto fra noi. Non è venuto in cucina come speravo, ma mi ha chiamato e ci siamo parlati attraverso la porta. Mi ha fatto i complimenti a voce e poi mi ha chiesto di venire a cucinare domani sera, quindi per cena anziché per pranzo.
Gli ho risposto che non c'era alcun problema. Speravo mi parlasse ancora, invece mi ha congedato, solo che prima di farlo ha pronunciato il mio nome come se stesse per dirmi qualcosa di importante. Ha detto solo "Manuel", ma con tono

di voce che... cazzo, è stato come se mi avesse accarezzato l'interno coscia... È stato fantastico e io sto diventando scemo: mi sa tanto che mi sono preso una cotta!!!

Milano, 18 luglio

Quello che è successo oggi ha dell'incredibile, ma voglio andare con ordine.
Goran si era completamente dimenticato di avermi chiesto di presentarmi per la cena anziché per il pranzo e indovina un po'... se l'è presa con me! Era furioso, come se gli avessi messo a soqquadro la cucina!
- Signore, ho solo obbedito alla sua richiesta! - ho tentato inutilmente di spiegare, parlando dietro la porta della sua stanza.
- Bugiardo, io non ti ho mai chiesto nulla del genere!
- Che motivo avrei per mentirle? - mi stavo alterando anche io, perciò ho alzato un po' la voce.
- Vuoi farmi arrabbiare, ecco perché! Ti diverti così!
A sentirmi accusato di una falsità simile, be', non ce l'ho più fatta e mi si è chiusa la vena!
- Senta, signor Modrić! - l'ho chiamato volutamente con il cognome, fregandomene delle sue fisse - Io faccio il cuoco, non sono uno psicologo, per cui se ha un problema cerchi di risolverlo senza addossare le colpe agli altri!
Giuro, non sembravo neppure io, quando ho

vomitato una dopo l'altra queste parole, e invece è andata proprio così. Mi sono sentito svuotato, subito dopo: non mi importava un accidenti di come avrebbe reagito alla mia sfuriata. La sola cosa che mi premeva era di riprendermi la dignità chc lui aveva tentato di scalfire.
Mi sono messo in ascolto, tendendo l'orecchio a ciò che succedeva dall'altra parte. Dopo qualche istante di silenzio, ho sentito che si avvicinava alla porta. Pensando che volesse uscire dalla stanza, ho avuto un lieve trasalimento, sebbene fossi pronto ad affrontarlo faccia a faccia. Lui, però, non ha aperto la porta.
- Se sei un cuoco, allora, vai in cucina. E fai il tuo lavoro.
Le parole erano arroganti, certo, ma il suo tono era del tutto diverso da quello che aveva usato prima, per accusarmi. Era come se mi stesse scongiurando di non andarmene, anche se ben nascosto dietro la maschera del boss autorevole. In ogni caso, mi ero tolto una soddisfazione e potevo ritirarmi a fare in santa pace ciò per cui ero pagato.

È stato mentre sgusciavo le vongole che all'improvviso mi sono reso conto della gravità di ciò che avevo detto. Affermare che "Non sono uno psicologo" era come dirgli che aveva un problema da curare, e considerando ciò che era successo alla sua faccia (e alla sua vita, soprattutto) era stata da parte mia una abnormc indclicatezza, per non dire una vera cattiveria. Mi sono sentito una merda,

per dirla in parole povere!
Quando ho terminato la preparazione e rimesso tutto a posto, ho cercato un pezzo di carta, per lasciare un messaggio a Goran. Volevo chiedere scusa, e visto che di farlo a voce non me la sentivo, quello mi sembrava il metodo migliore. Stavo appunto per mettere per iscritto le mie scuse quando dei passi ben calcati mi hanno fatto alzare di colpo la testa verso la porta; Goran era lì, all'ingresso della cucina. Aveva la bocca coperta, come l'altra volta. I suoi occhi mi squadravano, ma lui non parlava e io ero quasi paralizzato dall'imbarazzo. Quel corpo tornito, che tante volte avevo ammirato in tv e sui social, era adesso a pochi metri da me, vestito di pantaloni scuri e camicia di lino bianco. Ho immaginato, chissà perché, i peli castani delle sue braccia impigliati nei numerosi bracciali, di argento e cuoio che indossava. Peli che avrei sfiorato così volentieri, con le mie dita...
- Devo essere stato un po' ubriaco, ieri, quando ti ho chiesto di venire per la cena. Ecco perché non me lo ricordavo. Scusa.
Sono rimasto un po' interdetto, non so se più per le sue scuse o per il fatto che si fosse ubriacato, ma ho avuto la prontezza di rispondere:
- Scusi lei, sono stato pessimo a rispondere in quel modo.
- Non credi sia ora di darci del tu?
Ancora più interdetto! Ho fatto un cenno di assenso, poi però mi è scappato un:
- Posso chiamarti Goran?

Una specie di nube ha attraversato il suo sguardo.
- Non devi pronunciare quel nome. Chiamami Ivano.
Proprio così, Ivano! Boh… Gli ho risposto "ok", vergognandomi per l'ennesima gaffe. A volte penso di essere seriamente rincoglionito...
Comunque, gli ho illustrato ciò che avevo preparato e poi stavo per accomiatarmi, quando lui ha detto:
- Ce n'è abbastanza per due. Resta a cena con me.
Non sto qui a descriverti la mia sorpresa, perché non ne sono capace. Dico solo che mi sentivo come in quei cartoni animati in cui gli occhi dei personaggi sgusciano dalle orbite, stile uova sode!
Gli ho risposto con un filo di voce, perché per un attimo ho temuto che mi stesse prendendo in giro, poi però, di sua iniziativa, Goran ha preso dal mobiletto della cucina un altro piatto, posate e un bicchiere per me.
Senza dire una parola, si è portato le mani dietro la testa e ha cominciato ad armeggiare con la bandana legata sotto il naso. Stava davvero per scoprire il viso? Ero sempre più stupefatto. Forse il nodo era troppo stretto, o forse si è improvvisamente reso conto di non voler arrivare a tanto, fatto sta che mi ha guardato con un'espressione... non lo so... come se in quel momento avesse bisogno di me. Spontaneamente, mi sono offerto di aiutarlo. Mi sono avvicinato a lui, gli sono andato alle spalle e ho sciolto il nodo della bandana. Mentre lo facevo il cuore impazziva: non solo avevo le mie dita su di lui,

ma stavo addirittura scoprendo la sua parte più vulnerabile, fonte di così tanta sofferenza.
- Sei la prima persona che mangia con me, da tanto tempo - mi ha detto piano. - Tu non immagini nemmeno quanto mi costi farmi guardare in faccia.
Quando gli sono tornato di fronte, consegnandogli la benda, l'ho guardato in viso. Ovviamente quella escrescenza non si era ridotta di dimensioni, dalla prima volta che l'avevo vista, ma per qualche ragione mi è sembrata quasi insignificante. Il suo viso non era esattamente lo stesso di cui molti si erano innamorati, ma superata la sorpresa iniziale, sarebbe stato naturale abituarsi a quella tumefazione: ai miei occhi, Goran continuava a essere quello di sempre, anzi, le nuove consapevolezze e il suo dolore lo avevano reso anche più affascinante. Dov'è scritto che la perfezione estetica è ciò che fa sembrare bella una persona? Un viso, anche il più imperfetto, ha così tanto da raccontare che è sciocco soffermarsi solo alle sue geometrie!
Mi sono sentito invaso da una sorta di rabbia, al pensiero che quella cosa stava disintegrando la sua vita, tanto da non volersi più far chiamare Goran Modrić, che mi è venuto spontaneo chiedergli:
- Ti va di parlarmene?
Lui ha alzato lo sguardo su di me. Era uno sguardo affilato come un morso.
- No - mi ha gelato.
- Scusa se mi sono permesso... - ho farfugliato, conscio della mia leggerezza. Che pirla

presuntuoso, sono!
Goran (non voglio chiamarlo Ivano, come vuole lui!) ha scosso la testa, come se avesse già dimenticato il mio azzardo, poi si è messo a sedere a tavola.
Per un bel pezzo l'atmosfera è stata a dir poco imbarazzante. Mangiavamo senza rivolgerci la parola. Io cercavo di concentrarmi sugli spaghetti allo scoglio ed evitavo persino di guardarlo, pensando che la cosa lo avrebbe messo a disagio.
Poi, mentre gli versavo del vino bianco, Goran mi ha detto:
- Non riesco a guardarti senza desiderarti.
Sono rimasto esterrefatto ma ho tentato di non esternare il mio stupore. Anzi. Dopo l'iniziale smarrimento ho fatto appello a tutte le mie forze e ho fatto ciò che ardentemente volevo: ho allungato la mano sul tavolo e ho raggiunto la sua. Lui non si è scomposto, ma appena le nostre mani si sono toccate ho avvertito una specie di scintilla. Pura energia, che si è tradotta in un lievissimo fremito.
Ci siamo guardati, occhi negli occhi. È stato così intenso che, giuro, non ho più visto la sua "deformità", ma solo un viso che avevo voglia di baciare. Il bello è che l'ho fatto davvero... e se ci ripenso brucio ancora!

Ho lasciato la sua mano, mi sono alzato dalla sedia e mi sono avvicinato a lui. Goran ha voltato la testa nella mia direzione, forse cercando di carpire le mie intenzioni, ma sono sicuro che non pensava che osassi tanto; invece io mi sono

chinato su di lui e ho sfiorato le sue labbra con le mie. Ero vicinissimo alla tumefazione, e temevo che la cosa gli creasse problemi, perciò ho atteso un altro istante prima di trasformare quel tocco lieve in un bacio vero... Sapeva di vongole, come me, e a pensarci mi viene da sorridere, ma in quel sapore strano ho distinto quello di una disperata voglia di essere di qualcuno.
È stato un bacio particolare, credo per via della sua difficoltà (se più fisica o psicologica lo ignoro), eppure... è stato il più emozionante della mia vita!
Abbiamo lasciato che le nostre lingue giocassero a inseguirsi, ad accarezzarsi e avvilupparsi l'una con l'altra, e lo abbiamo fatto per diversi minuti... Non saprei quanti, perché ero come su un altro pianeta e forse non avrei neppure ricordato il mio nome, in quel momento... Sapevo solo che ero eccitato e volevo Goran da morire!
A un certo punto mi sono messo in ginocchio davanti a lui, che era ancora seduto a tavola, e ho fatto scivolare la mia mano lungo la sua coscia. Di colpo, lui mi ha afferrato per i capelli e me li ha tirati, dalla nuca, per far sì che mi staccassi dalle sue labbra e lo guardassi in viso. Mi sono un po' spaventato, per quel gesto improvviso, senza contare il dolore per i capelli tirati.
- Che c'è?
- Dimmi, con chi vuoi scopare? Con Goran o con Ivano?
- Che dici?
- Se ti illudi di fottere Goran ti sbagli. Ormai di

quel Goran è rimasto poco. È Ivano quello che avrai.
Mi sembrava un discorso assurdo e sinceramente mi stava facendo anche passare la voglia.
- Guardami bene in faccia - mi ha detto, senza mollare la presa. Mi doleva il cuoio capelluto, porca puttana! - Tu faresti sesso con me?
- Chi credi che abbia baciato, finora? Te, stronzo!
- Se anche un giorno vorrai vantarti di aver baciato Goran Modrić, sappi che ti stai solo illudendo, perché tu hai baciato Ivano.
Aveva una voce profonda, sensuale, mentre diceva questa cosa un po' inquietante. Era davvero convinto di essere diventato un altro oppure era solo la sofferenza a farlo parlare così? Avevo ancora desiderio di lui, ma quelle parole insensate lo avevano affievolito, perciò mi sono rialzato e ho bevuto un goccio di vino.
- Se è così non andrò avanti con nessuno dei due - ho detto, dandomi un tono.
Mi sentivo io il dominante, in quel momento, e la cosa mi divertiva. Ho fatto per andarmene.
- Vieni qui e finisci il lavoro che hai cominciato - mi ha bloccato, trattenendomi per un polso.
- Non ho cominciato un bel niente. Comincerò quando la smetterai di essere due persone.
- Non trattarmi come un dissociato! Tu non sai quello che sto passando!
- Ivano non esiste. Tu sei e sarai sempre Goran. È lui che voglio.
Ci siamo guardati per un attimo, poi io mi sono liberato dalla sua debole presa e sono andato via.

Non ci avrei scommesso un centesimo, invece ho cacciato fuori le palle e gli ho fatto vedere chi è Manuel Faletti!

Milano, 19 luglio

Ho trascorso gran parte della notte a pensare a lui, al nostro bacio, a desiderare di avere il suo corpo contro il mio. Stamattina non potevo neppure immaginare la sorpresa che mi avrebbe riservato. Quando sono arrivato, a differenza delle altre volte che restava chiuso in camera, si è fatto trovare in cucina a bere un caffè. Era completamente nudo!!! Era di spalle rispetto all'entrata. La sua schiena possente, la dolce curva delle natiche, le lunghe gambe scolpite, la sua nuca così virile... Mi sono eccitato all'istante.
- Ciao, Goran - gli ho detto, sapendo di provocarlo.
Lui si è voltato e mi ha lanciato un'occhiata fulminante. Ha posato la tazzina del caffè sul ripiano della cucina e poi ha recuperato la bandana e se l'è legata intorno alle labbra. È venuto verso di me, senza staccarmi gli occhi di dosso. Io ho tentato di mantenere lo sguardo nel suo, ma non ho resistito alla tentazione di farlo scendere più in basso... Ce l'aveva duro anche lui... ed era più grosso di quanto si vociferasse... Ho immediatamente rialzato lo sguardo e lui mi fissava ancora. Si è fermato a pochi centimetri da me. Dio, il suo profumo! Senza dire una parola,

Goran mi ha posato una mano sulla patta, saggiando la mia erezione. Ha socchiuso gli occhi per un attimo, poi ha ripreso a puntarli nei miei. La sua mano ha cominciato a muoversi su e giù lungo la mia asta e lì non ce l'ho fatta: l'ho attirato a me, afferrandogli i fianchi con entrambe le mani. Lui si è ritratto qualche istante dopo avermi fatto inebriare con il profumo della sua pelle e la vigorosità dell'erezione.
- Torna qui - l'ho implorato, ma lui è uscito dalla cucina.
Avevo il cazzo durissimo e così ho provato a seguire Goran, ma lui si è chiuso a chiave nella sua stanza.
- Perché vuoi farmi impazzire? - gli ho chiesto, parlandogli attraverso la porta. Ansimavo, mentre il mio sesso reclamava attenzioni. Lui non rispondeva, così gli ho detto qualcos'altro... ovvero che avevo una tremenda voglia di lui... Niente, neppure questo è servito a fargli aprire la porta. Un gioco crudele, il suo, ma che comunque era riuscito perfettamente, visto che il mio desiderio aumentava.
- Calmati e vai in cucina - mi ha detto infine, con la voce cavernosa di chi ha fumato migliaia di sigarette e che mi fa perdere la testa.
- Bastardo... - ho mormorato, sperando che mi sentisse.
Non ho potuto fare altro che ritirarmi in cucina, anche se a cazzo duro! Sarei andato in bagno a sfogarmi, ma ero certo che se ne sarebbe accorto, in qualche modo, e non volevo dargli quella

soddisfazione. Mi sono fatto forza, spostando l'attenzione sul pranzo che dovevo preparare. Cercavo di concentrarmi, ma continuavano a tornarmi in mente il suo bel culo, il suo grosso affare... Ma che bastardo! Farmi eccitare così e poi segregarsi in camera! Gliela farò pagare!!!

Milano, 20 luglio

Che grandissimo stronzo... Ieri si fa trovare nudo in cucina e oggi non si fa neanche vedere! Bastardo!

Milano, 21 luglio

Continua a non uscire dalla sua stanza. Sono certo che lo stia facendo apposta per mettermi alla prova, per farmi incazzare... Gli piace quando mi arrabbio, quando gli faccio vedere che non sono affatto il suo cagnolino, anzi! Se crede che sarò io a cercarlo, be', si sbaglia di grosso! Mi sto vendicando per l'altra volta e lo ignoro come fa lui!!!

Milano, 30 luglio

Sono giorni, ormai, che non ci vediamo. Stiamo giocando a chi resiste di più. Io continuo a svolgere il mio lavoro, a cucinare al meglio delle mie possibilità, ma lui non mi lascia neanche più messaggi sulla lavagnetta. Se ne sta in camera ad ascoltare musica, a volume così alto che la sento dalla cucina. Io gli preparo il pranzo, cercando di non pensare a lui, ma mi riesce difficile, perché con quella musica sembra che voglia gridarmi: " Io sono qui!". Ma può stare certo che io non cederò!

Milano, 4 agosto

Ha funzionato!!!
È caduto nella mia trappola!
Lo so, mi ero ripromesso di non muovere un passo verso di lui, ma non ce l'ho fatta ad aspettare e così gli ho teso un piccolo tranello...
Ieri, dopo avergli preparato un pranzo succulento, ho finto di dimenticare di gettar via il sacchetto dell'umido. C'era giusto qualche buccia di verdura, nulla di maleodorante, ma sapevo che lui non l'avrebbe comunque tollerato, preciso com'è. Speravo, con questo trucchetto, che mi lasciasse un messaggio sulla lavagnetta, o che venisse a rimproverarmi; non potevo certo immaginare che avrebbe reagito così...
Appena sono entrato in cucina per sistemare la spesa, Goran è sbucato fuori all'improvviso. Mi ha quasi preso un colpo perché aveva il viso semi-coperto da quella cavolo di bandana. Ero pronto a una sfuriata, e l'idea mi divertiva persino, invece mi ha guardato intensamente e mi ha detto, con voce quasi dolce:

- Brutto figlio di puttana, perché ci hai messo così tanto?
Non ho potuto fare a meno di aprirmi in un sorriso, perché aveva scoperto il mio inganno. Ci siamo guardati negli occhi. Il suo sguardo era serissimo, così anche il mio sorriso si è spento, sfumando dentro una meravigliosa sensazione di intenso calore. Goran ha posato una mano sulla mia guancia e l'ha tenuta lì per qualche istante, senza che nessuno dei due parlasse. Poi, con l'altra mano, Goran ha abbassato la bandana, scoprendo l'altra metà del viso.
- Dì il mio nome, Manuel.
Gli ho guardato le labbra, così vicine a ciò che gli deturpava il viso, e le ho trovate desiderabili, desiderabili da morire. Stavo per baciarlo, ma lui si è ritratto appena.
- Dì il mio nome, Manuel.
Voleva che lo chiamassi Ivano, forse? No. Sapevo che non era così, e lo indovinavo dalla nuova luce che il suo sguardo aveva acquistato, e dal gesto così intimo di levarsi la bandana dritto di fronte a me.
- Il tuo nome è Goran. E io ti voglio da impazzire.
Lui ha sorriso, abbassando lo sguardo. Io ho portato le mani dietro la sua nuca e ho sciolto il nodo della bandana, sfilandogliela completamente. Senza guardarlo negli occhi, gli ho accarezzato le braccia tornite, poi gli sono andato alle spalle. Mi era venuta un'idea.
- Che fai? - ha domandato, con un brivido nella voce. Ha voltato un po' il viso verso di me.

- Resta fermo. Ci sono cose molto più interessanti da fare con questa bandana.
Gli ho preso le mani, incrociandogliele dietro la schiena, poi gli ho legato i polsi con la bandana.
- Oh, Manuel... - ha mormorato, e qualcosa nella sua voce mi ha fatto capire che si stava già eccitando.
Non sapevo nemmeno io bene cosa fare e mi sono lasciato guidare dai miei desideri. Volevo averlo in pugno, solo per un po'...
Sono tornato di fronte a lui, che mi guardava con un misto di curiosità e piacere. Quanto avevo immaginato ciò che stavo per fargli, e molto prima di arrivare a questo punto!
Mi sono inginocchiato davanti a lui, cercando di mantenere un atteggiamento sicuro per mascherare il mio imbarazzo, e gli ho aperto la zip dei pantaloni. La sua erezione già premeva contro i boxer e io avevo l'acquolina. Lui ridacchiava sommessamente, forse divertito dall'idea di avere le mani legate. Appena gli ho abbassato i boxer, però, la sua risatina si è tramutata in un lieve ansito di piacere. Il suo bellissimo sesso inturgidito era davanti alle mie labbra ed era una tentazione troppo forte per non cederle... E allora le ho ceduto, senza pensarci neppure un attimo.
L'ho vezzeggiato con la lingua, poi l'ho fatto scivolare nella mia bocca, gustandolo come fosse un grosso, spropositato bastoncino di liquirizia.
Me lo sono lavorato con dovizia, come se dovessi sciogliermelo in bocca, e i gemiti di Goran mi gratificavano, suggerendomi di continuare così.

Ero anche io nel pieno dell'erezione e di tanto in tanto riservavo anche a me stesso le attenzioni delle mie mani. Scoppiavo dalla voglia di venire, ma volevo conservare quel momento per Goran. Affondavo le dita nelle sue natiche piene e sode, e intanto la mia bocca seguitava il suo operoso lavoro. Al solo rievocare questo momento mi si intosta di nuovo...
Goran è venuto e io ero così gratificato dal suo orgasmo che mi sono sentito il padrone del mondo! È stato fantastico accogliere il suo seme su di me, osservare la sua espressione rilassata quando ha raggiunto l'acme del piacere. Mi è sembrato bellissimo, in quel momento, come se nulla fosse successo a quel viso che ha fatto innamorare di sé migliaia di persone... Per me, comunque, sarà sempre Goran Modrić, il Goran Modrić di prima, e non sarà certo quel difetto a renderlo meno desiderabile ai miei occhi e al mio corpo.
E accidenti se il mio corpo lo desiderava (e lo desidera)! Tutto il mio essere, fino alla più piccola cellula, era concentrato nel sesso, più vigoroso che mai, e avrei fatto follie pur di avere le sue mani su di me. E Goran non mi ha fatto mancare le sue attenzioni. Appena ricevuto il suo appagamento, ha pensato al mio, ricambiando con la stessa passione e intensità, anche se aveva ancora i polsi legati dietro la schiena. Mi sono sentito morire e rinascere, dietro il tocco audace della sua lingua e delle sue dita, come se i nostri corpi fossero sempre appartenuti l'uno all'altro.

Qualunque cosa accada, in ogni direzione andrà la sua vita, io sarò con lui.
- Dì il mio nome, Manuel. Dimmelo ancora…

Milano, 6 agosto

- Lo so bene che mi odi perché non ti parlo di quello che mi è successo. Vorresti sapere tutto, e forse arrivati a questo punto ne avresti anche il diritto. Ma devi accettare il fatto che non lo farò. Né adesso, né mai.
Questo è ciò che mi ha detto oggi, dopo che abbiamo fatto l'amore. Eravamo ancora nudi, sul divano di pelle nera della sala, con la musica di Bach in sottofondo. Non so come gli è venuto in mente di dirmi questo. Credo fosse perché lo stavo guardando negli occhi ancora deliziato e scosso da quello che avevamo appena fatto.
- Non devi nemmeno pensare che ti odio. Sappi che potrai parlarmi di tutto quello che vorrai all'infuori di questo argomento e io non avrò mai nulla da ridire. Solo toglimi una curiosità: perché hai scelto proprio me? Si saranno presentate decine di persone...
- Mah, non così tante... Comunque ti ho scelto perché sei stato l'unico a preparare due piatti. Tra l'altro quel giorno non avevo quasi niente, in frigo, e mi hai comunque stupito.
- Mi sono chiesto spesso perché hai messo un annuncio invece che, beh... assumere un cuoco stellato. Di certo non te ne manca la possibilità –

scherzai, alludendo alla sua ricchezza.
Lui ha sorriso, di un sorriso un po' strano.
- A uno chef stellato non avrei potuto chiedere di lavarmi anche i piatti.
All'inizio ho pensato che stesse parlando sul serio ma poi ho capito che scherzava.
- Il fatto è che ho molti conoscenti in quell'ambiente e non volevo rischiare.
- Stai dicendo che nessuno all'infuori di quella tua assistente sa di quello che ti è successo?
- Quale assistente?
- La donna magra che mi ha fatto firmare il contratto.
- Lei è mia cugina. Solo la mia famiglia ne è al corrente. Gli amici non esistono in questo mondo. Nel mondo della televisione, intendo. Esistono solo gli opportunisti e io ne ho fin sopra i capelli. Sai quanti sedicenti amici avrebbero venduto la mia storia a qualche giornale? Adesso, se non ti dispiace, preferirei passare a un altro argomento... Un argomento molto più bello...
E ha di nuovo iniziato a giocare col mio sesso, che ha immediatamente risposto alle sue lusinghe.
Cazzo, non avremmo mai smesso...

Milano, 8 agosto

Non possiamo fare più a meno l'uno dell'altro. Quello che accade appena ci vediamo è qualcosa che sembra superare ogni immaginazione. Non ci conosciamo, in fondo: lui ignora praticamente

tutto di me, io lo conosco solo tramite le informazioni sul web e il suo passato in televisione. E forse è proprio questo non sapere nulla di noi che ci fa sentire come due esseri vaganti nello spazio, senza memoria e senza nome, incapaci di resistere al richiamo dei nostri corpi.
Oggi, per esempio, Goran mi ha bloccato appena sono entrato in casa. Mi ha preso per le spalle e mi ha messo con la schiena contro la porta. Era tutto vestito di bianco, camicia e pantaloni, aveva un profumo lievemente salmastro e mi ha fatto pensare a un uomo sceso da una barca dopo settimane in mare, con la voglia bestiale di possedere un altro uomo. Ce l'aveva eccome, questa voglia... Ci siamo quasi morsi, nella foga di baciarci. Mi ha fatto reclinare la testa all'indietro e si è appropriato della mia gola, facendomi eccitare con colpi di lingua, lievi risucchi, per scendere poi sul petto, sbottonandomi la camicia.
- Devo andare a preparare il pranzo... - l'ho provocato, fingendo di volermi liberare dalle sue mani.
- Non ne ho bisogno... Oggi so già cosa mangiare...
Quella sua frase mi ha fatto sorridere, ma il sorriso si è smorzato all'istante quando Goran si è inginocchiato davanti a me e mi ha abbassato la cerniera dei pantaloni. In quel momento la mia mente si è liberata di tutti i pensieri e si è messa in attesa del paradiso che mi sarebbe stato offerto di lì a poco. Quando la sua bocca ha accolto la parte

più viva e fremente del mio corpo, tutti i colori del piacere si sono mostrati davanti a me, scuotendo il mio intero essere in un unico brivido. Un brivido che nelle ore successive si è riverberato ancora e ancora, mentre tutto dell'uno cercava tutto dell'altro, per poi arrivarne alla piena possessione…
Le sue dita appassionate, che stringevano le mie cosce mentre la sua spada affondava dentro di me, hanno lasciato i più bei lividi blu sulla mia pelle… Ero avido di lui così come lui era avido di me.

Sono arrivato a casa esausto, con l'unico desiderio di farmi una doccia e buttarmi sul letto. Non ho neppure cenato... Non è un modo di dire che ci si può saziare con le sole emozioni!

P.S. Indovina chi si è fatto risentire: Tiziano!
È riapparso su Facebook, dopo tre anni che non ci sentivamo. Ha commentato qualche mia foto ed è stato parecchio generoso, come se volesse adularmi. Ci eravamo lasciati male, ma per fortuna i rancori sono spariti. Non che mi interessi ancora, tutt'altro, e ho visto che lui ha un altro compagno, ma comunque mi ha fatto piacere risentirlo.
Se solo sapesse con chi faccio sesso ora!!!

Milano, 15 agosto

Come ho fatto a essere così coglione da pensare che Goran volesse passare il Ferragosto con me? Coglione e ingenuo... Credevo che dopo quanto successo non volesse vedere altri che me, ma evidentemente non è così. O forse è andato in vacanza da solo, da qualche parte, senza accennarmi nulla. Fatto sta che oggi il portiere, appena mi ha visto arrivare, mi ha comunicato la sua assenza, ma non ha saputo dirmi quando rientrerà.
Non sono trascorse neanche ventiquattro ore da quando ci siamo visti (e non solo visti...) ma già mi sembra di impazzire senza di lui.
La mia comitiva va al ristorante e, anche se all'ultimo momento, mi unirò ai miei amici. Anzi, sono già in ritardo, devo scappare!!!

Milano, 16 agosto

Goran è ancora fuori Milano. Certo che poteva anche lasciarmi un messaggio tramite il portiere, visto che al telefono non risponde. Cazzo. Non mi pare proprio di essere solo uno chef a domicilio, dopo quello che c'è stato fra di noi! Forse mi ritiene uno scopatore a domicilio, niente di più, visto che non mi degna di farmi sapere quando tornerà?

Milano, 17 agosto

Quanto dura sta vacanza?
Mi manca...
Il suo telefono squilla a vuoto...
Dio! E se gli fosse successo qualcosa? Se fosse ricoverato in ospedale e non volesse dirmelo per timore di darmi un dispiacere? Ho l'ansia a mille...

Milano, 18 agosto

"Lei sa se il signor Modrić è in vacanza?", sono stato costretto a chiedere al portiere. Lui mi ha risposto di non averne idea. "Potrebbe essere in ospedale?", ho azzardato poi. Solo dopo mi sono reso conto che probabilmente (anzi, sicuramente!) neanche il portiere conosce la storia del suo viso. Quello mi ha guardato in modo un po' strano e mi ha detto di non avere alcuna notizia da comunicarmi, tranne che il signore non era in casa.

Sono tornato a casa ancora più incazzato! Grandissimo bastardo… Perché non si fa sentire? Sono incazzato nero! Mi viene voglia di spaccare qualcosa!!! Ma perché mi fa questo? Cosa vuole dimostrare? Di cosa cazzo vuole vendicarsi? Stronzo! Stronzo! STRONZO!

Milano, 23 agosto

Continuo a presentarmi ogni giorno in portineria e francamente la cosa comincia a diventare quasi ridicola. Non capisco il motivo per cui si stia comportando in questo modo. Mi fa sentire arrabbiato, depresso, come se tra noi non fosse mai successo niente. Basta, giuro che oggi è stato l'ultimo giorno che mi sono presentato lì!!! Non me ne frega un cazzo, a costo di perdere il lavoro... Perché non è del lavoro che mi interessa... ormai questo l'ho capito fin troppo bene. È di lui, è solo di lui che mi frega, ma se deve trattarmi in questo modo allora... Per me può anche andarsene a fare in culo!

Sono così triste...

Milano, 24 agosto

Ma guarda un po': stamattina non mi sono presentato in portineria e "stranamente" mi è arrivata la telefonata di Goran!!!
È stata una conversazione di cinque secondi, perché quando ho visto il suo nome sul display ho visto le stelle dall'incazzatura e già sapevo che non l'avrei quasi fatto parlare. Ci è mancato poco che neppure gli rispondessi, ma alla fine non ce l'ho fatta e ho preso la chiamata dopo almeno venti squilli a vuoto. Lui mi ha detto solo:

- Perché oggi non sei venuto, Manuel?
E io, sarcastico:
- Oh, ti ricordi ancora il mio nome!
E lui:
- Domani ti voglio qui.
Non gli ho risposto e ho chiuso la chiamata.
Arrogante, presuntuoso... Stronzo! "Domani ti voglio qui"... Si è fatto i suoi porci comodi e adesso mi ordina di tornare da lui?
Se pensa di prendersi gioco di me, può anche andare a farsi fottere, il bastardo!!! Non gli darò questa soddisfazione! Domani non mi presenterò, e nemmeno dopodomani e l'altro giorno ancora: lo farò cuocere nel suo brodo!

*

Ma chi voglio prendere in giro?
Quando ho visto il suo nome sul display ho visto le stelle, sì, ma perché il cuore mi batteva così forte che mi sembrava di impazzire!
Certo, ero anche arrabbiato, ma la rabbia non può neppure sperare di competere contro il mio desiderio di rivederlo e di sapere cosa cavolo ho fatto per meritarmi di essere ignorato per tutti questi giorni!
Vorrei correre adesso da lui, anche se sono le undici di sera, ma non voglio sembrare così disperato. Aspetterò domani, anche se mi costa un casino...
Oh, Goran, Goran... Se potessi solo immaginare che quel tuo "Domani ti voglio qui" me lo ha fatto

diventare duro all'istante...

Milano, 25 agosto

Ho divorato la strada fino a casa sua come un cane a digiuno da giorni. Sono arrivato da lui col fiatone, anche perché il caldo di questi giorni è intollerabile, da farti diventare matto. Eppure ho avvertito ancora più caldo quando ho sentito la sua voce, poco oltre la porta del suo appartamento, che mi invitava ad entrare. Avrei voluto urlargli contro, gridargli in faccia quanto la sua assenza mi avesse fatto male, farlo sentire in colpa, ma appena l'ho visto ho avuto solo voglia di farlo di nuovo mio.

- Manuel... - ha mormorato lui, mentre io avevo già le braccia intorno al suo collo.

Mi ha assalito il terrore che si fosse stancato di me e così l'ho stretto ancora più forte. L'odore della sua pelle... Cazzo, mi era mancato da morire!

- Lo sai dove sono stato in questi giorni?

- Baciami - l'ho implorato; non mi importava più nulla. Aspiravo il profumo della sua gola, premevo il petto contro il suo e già fremevo dal desiderio di possederlo.

- Non mi sono mai mosso da casa, Manuel.

- Basta parlare...

- Hai capito quello che ti ho detto?

Sì... e cercavo di appropriarmi della sua bocca.

- Non vuoi sapere perché non ti ho ricevuto?

A quel punto mi sono staccato da lui, ma soltanto

perché avevo capito che voleva chiarire, prima di dedicarsi a me.
- Perché?
- Per metterti alla prova. Volevo capire quanto tenessi a me.
- Che razza di prova è non farsi trovare in casa?
- Volevo vedere quanto resistevi senza avere notizie, senza avere idea di cosa mi fosse successo.
Ho avuto subito il presentimento che il discorso stesse prendendo una strana piega.
Goran aveva un'espressione che non prometteva nulla di buono: i suoi occhi sembravano vuoti, senza colore.
- Non hai aspettato neanche dieci giorni e già ti sei arreso.
- Stai dicendo una stupidaggine - ho immediatamente replicato.
- Ieri non ti sei presentato e sono certo che non lo avresti fatto nemmeno oggi, se non ti avessi chiamato io.
Ero senza parole. Come poteva cambiare le carte in tavola con quella facilità?
- Che vorresti dire, quindi? - ero pronto ad attaccarlo.
- Che non hai superato la prova.
Penso di averlo guardato con la faccia attonita, come si potrebbe guardare uno sconosciuto che, con una tranquillità da manuale, ti strappi dalle mani il panino che stai mangiando e lo getti nella spazzatura. Superare la prova? Ma dove credeva che fossimo, in uno dei suoi game show? Dopo un

istante di spiazzamento mi sono caricato:
- Sei impazzito, per caso? Dovrei essere io, quello arrabbiato! Sei sparito senza darmi uno straccio di spiegazione e io sono venuto tutti i gio...
- Sei stato a letto con Goran Modrić - mi ha interrotto, - evidentemente ti è bastato questo. Bene, ora puoi anche tornare dal tuo Tiziano.
- Cosa?! Ma che dici? Cosa c'entra Tiziano?
- Devo anche risponderti?
- Stai prendendo un abbaglio, Goran. Ci siamo lasciati secoli fa e siamo rimasti amici, è normale scriversi qualche battuta su Facebook...
- Comunque non è lui, il problema. Il problema è che tu non hai pazienza, ti arrendi facilmente, e io non ho bisogno di uno così.
Davvero non sapevo cosa rispondergli; ero del tutto impreparato a difendermi da questa assurda accusa, io che mi ero fatto il sangue amaro, in quei giorni!
- Se la mia faccia fosse quella di prima non ti saresti comportato così. Avresti messo sottosopra il mondo, avresti fatto...
- Ma che dovevo fare? Non rispondevi al telefono, non ti facevi trovare, ho pensato di tutto! Dimmi cosa avrei dovuto fare!
- Ti è bastato avermi, questa è la verità. Adesso che ti sei tolto questa soddisfazione hai capito che non conto poi così tanto.
L'ho guardato negli occhi, tanto a fondo che avevo quasi la sensazione di fargli male. Lui ha abbassato lo sguardo per primo, poi si è voltato e ha preso dal tavolo un bicchiere colmo di una

specie di frullato arancione. Lo ha portato alle labbra con una delicatezza quasi maldestra, come se ancora non fosse abituato alla nuova conformazione della sua bocca. In quel preciso momento mi è sembrato fragile, indifeso come un bambino. Vittima della sua assurda paura di non essere più in grado di suscitare sentimenti in qualcuno. Mi si è sciolto il cuore, ma ho compreso che non era una questione di pietà, tutt'altro: era solo la voglia di stargli accanto, di unire le nostre vite. No, cazzo! No che possedere il suo corpo non mi era bastato!

- Hai paura di ciò che provo per te, perché non riesci a capacitarti del fatto che uno possa volerti anche così come sei ora. Io non ti conoscevo, prima, per me eri solo quello famoso, il più famoso di tutti... Ancora ti conosco troppo poco, ma già mi fa male starti lontano, che tu ci creda o no. E se ancora non l'hai capito che non me può fregare di meno di... "quel difetto"... be', vedi di capirlo in fretta perché io di qui non me ne vado se prima non mi baci.

Goran ha continuato a bere il suo frullato, come se niente fosse, ma intuivo (anzi, speravo) che le mie parole lo avessero colpito. Dopo un interminabile silenzio si è deciso a parlare:

- Un'analisi psicologica molto raffinata, la tua. Adesso finalmente mi sento sereno e in pace con me stesso.

Mi stava chiaramente prendendo per il culo. Mi sono sentito umiliato, ma quasi subito sono arrivato alla conclusione che anche quella sua

uscita infelice rientrava nella sua insicurezza, e certo non potevo davvero aspettarmi che cambiasse tutto da un momento all'altro. Non dovevo cadere nella sua provocazione, però. Sarebbe stato sin troppo facile fare l'offeso e andarmene via sbattendo la porta.
- Sono pronto a dimostrarti che tengo a te, Goran, e che non riuscirai a liberarti facilmente di me.
- Che meravigliosa frase fatta, Manuel. Ne guardi poca, di tv, eh?
Lo stava facendo di nuovo, stava usando il sarcasmo per allontanarmi.
- Hai trovato il pretesto giusto per mollarmi, con la storia dei dieci giorni. Ma io non ti mollo.
- Infatti sono io che lo faccio. D'ora in avanti verrai qui solo per cucinare. Non mi vedrai più.
- Goran! - ho quasi urlato, per quanto ero sconvolto.
È uscito dalla cucina e io gli sono corso dietro, ma mi ha respinto con un "vattene" che suonava come un tuono in piena notte.

E adesso sono qui che piango, da solo come un coglione, e non ho nessuno con cui sfogarmi. Per contratto non posso rivelare nulla ad alcuno, e tra l'altro nemmeno mi crederebbero se raccontassi che ho avuto un flirt con Goran Modrić. Se solo potessi piangere sulla spalla di un amico, chiedere un consiglio su come comportarmi con Goran! Però devo anche essere sincero con me stesso: voglio davvero stare con una persona che ha tutti questi problemi, che vuole vivere nascosta dal mondo e non dà fiducia a nessuno? Non rischierei io stesso di rovinare la mia vita?

Milano, 14 settembre

Ho tentato, per giorni e giorni, di far uscire Goran da quella maledetta camera, ma non c'è stato verso. Una volta, come un cretino, ho usato la salsa per scrivergli un breve messaggio sul piatto, ma nulla. Basta, ho smesso di combattere contro i mulini a vento... mi fa stare troppo male!
Se traessi un libro da questa storia, i miei lettori mi odierebbero e scriverebbero pessime recensioni perché questo libro non avrebbe un lieto fine. I suoi protagonisti, lo sventurato Manuel e l'ex celebrità Goran, alla fine non hanno potuto neppure iniziare la loro storia, per colpa delle paure e delle paranoie di Goran. E io risponderei ai miei lettori che un libro non si giudica male solo perché il finale non è quello che avrebbero sperato. La vita stessa non è quasi mai come speriamo…

Milano, 16 settembre

Mi manca.
Mi manca…
Come farò?

Perché deve essere tutto così difficile, anche una

cosa così bella come quella che stava nascendo fra noi?

Milano, 24 ottobre

Le settimane scivolano via come gocce di pioggia da una foglia ormai morta. Vorrei poter scrivere su questo diario che piano piano, giorno dopo giorno, la mia passione per Goran si sta affievolendo; lontano dagli occhi, lontano dal cuore, si dice. Fosse vero! Invece non è così. Cucino per lui tutti i giorni, tutti i giorni con maggiore dedizione e cura, e tutti i giorni sperando che si decida ad aprire quella stramaledetta porta e venga da me. A dirmi che ha voglia di me, ancora e sempre… Che la notte fatica a prendere sonno perché pensa alle mie mani, alla mia bocca… Al mio cuore che cerca il suo.

Che senso ha continuare a scrivere questo diario se ormai manca l'unica ragione per cui ho iniziato a farlo?
Devo accettare la realtà: il mio sogno di avere Goran… e di appartenere a Goran… è svanito!

Il mio diario finiva così.

Sono trascorsi ormai quattro anni dalle vicende che ho raccontato.
Quel dicembre il mio contratto come cuoco a domicilio scaddc c Goran mi scrisse, sulla famosa lavagnetta, che avrebbe voluto rinnovarmelo. Io, però, preferii concludere lì la mia esperienza. Non rivederlo mi faceva stare troppo male ed ero stufo di non ricevere neppure il minimo segnale da Goran. Lui mi scrisse delle ottime referenze, usando il suo nome, e forse è proprio grazie a quelle referenze che oggi lavoro nella brigata di un ristorantc piuttosto noto di Milano.

Un anno fa, contro ogni previsione, Goran è tornato in televisione. La sua intervista esclusiva, rilasciata a un popolare giornalista in un programma di prima serata, ha fatto registrare uno share sensazionale; tutti erano curiosi di sapere cosa mai fosse accaduto a colui che era stato una stella di quel calibro. Il suo viso non è tornato com'era, e mai ci tornerà, ma Goran sembra averlo finalmente accettato, dopo una lunga psicoterapia. Ora è una persona quasi serena, se non altro molto più stabile e meno arrabbiata con la vita. Sta collaborando con una associazione che si occupa di aiutare coloro che stanno combattendo la sua stessa malattia. Il grande affetto che il pubblico gli ha mostrato lo sta portando a valutare persino un ritorno come conduttore televisivo, cosa chc sembrava impossibile solo fino a qualche anno fa.

La cosa più bella, però, è che Goran è tornato ad amare se stesso e nella sua casa sono ricomparsi tutti gli specchi. Come lo so? Be', perché da qualche mese la sua casa è la stessa in cui, quando stacco dal mio lavoro al ristorante, faccio ritorno... per gettarmi di nuovo tra le braccia innamorate del mio Goran.

Gli altri racconti erotici di Giulia Amaranto

SELVAGGIA VOGLIA DI LEI

Selvaggia è una ragazza senza pudore. Ogni sera, nel suo pick-up, si esibisce per gli uomini del piccolo paese di campagna in cui abita. Quando il suo spettacolo erotico termina, lei prova un senso di vuoto. Una sera, però, una ragazza del paese le fa una scenata in pubblico durante uno spettacolo. Selvaggia è incuriosita da quella bellissima signorina "perbene", Marianna, e comincia a farsi strada nella sua vita. La curiosità diventa attrazione e Selvaggia si accorge di provare un'intensa passione per lei. Qual è il segreto che Marianna nasconde e che infiammerà ancora di più il cuore e il corpo di Selvaggia?

BENEDETTO È IL MIO PECCATO

Benedetto è un giovane frate che vive un'esistenza tranquilla, fatta di preghiere e di cura dell'orto. Una mattina, nel monastero, arriva Alessandro, un bellissimo ragazzo che è stato chiamato per riparare un guasto della caldaia. Il giovane frate resta subito colpito dalla sensualità e dal carattere forte del ragazzo. Il desiderio carnale comincia a farsi strada nella mente di Benedetto, sconvolgendo la sua vita. Il frate fa di tutto per resistere alla tentazione, ma Alessandro è un provocatore nato. Qualcuno, però, comincia ad avere dei sospetti e...

PRIGIONIERO NUDO

Leroy Wilder è prigioniero nei sotterranei del castello del Duca di Landkington. Ha commesso un grave reato: pubblicare un libro contro il Duca. Da giorni vive come un animale nella prigione. È stato spogliato completamente per ordine del Duca, perché sentisse di non avere più dignità, e vive quasi al buio. La vita di Leroy sembra ormai finita tra gli stenti, quando la Duchessa, giovane moglie del Duca, decide di scendere nei sotterranei per fargli visita. La Duchessa è attratta da lui e anche per Leroy è passione a prima vista; ma qualcosa che Leroy non avrebbe mai immaginato sta per accadere...

QUEL BASTARDO SEXY DI MIO CUGINO

Sembra un'estate come tante, ma un tremendo scherzo a sfondo sessuale sconvolge per sempre il rapporto tra Gioele e suo cugino Antonio, che pare nato per provocare. Dopo quell'episodio, per molti anni Gioele si rifiuta di incontrare di nuovo Antonio, finché lui non si presenterà nella sua casa al mare, per una vacanza. Gioele, che si è appena sposato con Lorella, si rende conto che Antonio non è mai cambiato: resta sempre un sensuale provocatore e sostiene anche di essere pazzamente attratto da lui. Gioele è sempre più sconvolto ma piano piano comincia a cedere alla seduzione di suo cugino...

LA NOTTE TI VENGO A CERCARE

Amedeo e Valentina sono una coppia di fidanzati che stanno raggiungendo in treno la meta della loro vacanza. Durante il viaggio conoscono Sebastiano, un giovane medico carismatico ma arrogante e provocatore. Valentina ne è subito attratta, mentre Amedeo non vede l'ora di liberarsene. Sicuri di non rivederlo mai più, lo ritroveranno qualche giorno dopo, nel loro stesso albergo. Quando Sebastiano fa ad Amedeo una confessione, il ragazzo ne resta turbato, ma si accendono in lui delle voglie finora represse. Però le cose non sono mai come sembrano...

STANOTTE TUTTO È CONCESSO

Cosa accadrebbe se, per una sera, tutto fosse concesso? Durante una cena di compleanno, un gruppo di amici (tre coppie e un single) decide di ispirarsi al film Perfetti Sconosciuti e iniziare uno strano gioco di domande e risposte. Quello che ne verrà fuori saranno i segreti e le voglie nascoste di ognuno. Pian piano gli animi si accendono, così come i desideri sessuali... ma certi giochi possono essere pericolosi.

LA NOTA EROTICA DEL PEPE ROSA

In città si è aperto un ristorante in cui lavora uno chef stellato famoso e attraente, Carlo Ardanich. Claudia, la protagonista del libro, viene a sapere da una sua amica che questo chef ha un vizietto molto

particolare: ogni sera, tra le clienti del suo ristorante, sceglie colei che potrà passare una notte di sesso con lui. Se la cliente trova nel piatto del dessert una piccola "esse" disegnata con il cioccolato... vuol dire che è lei la prescelta.
Claudia è stuzzicata da questo vizietto, ma farà una scoperta che la lascerà senza parole.

LA NOTA EROTICA DEL BASILICO

Vittoria, giovane commessa in un negozio di intimo, trova nella sua piantina di basilico un messaggio erotico. È del suo nuovo vicino di casa, Lorenzo Rudoni, un pianista famoso, che non parla ma è molto carismatico.
Vittoria è subito attratta da quest'uomo, accetta il suo invito e comincia a incontrarlo di nascosto dal suo fidanzato. Gli incontri tra lei e il pianista muto sono sempre più passionali e ogni volta lui sembra spingersi un po' più in là, fino a quando...

LA NOTA EROTICA DEL LIME

Antonella si esibisce come cantante in alcuni locali della città. Una sera nota tra il pubblico un uomo che la incuriosisce e la attrae. Quando scopre che quell'uomo è cieco, Antonella prova un'attrazione ancora maggiore per lui e decide di andare a conoscerlo. Tra Antonella e l'uomo si accende subito una forte attrazione sessuale ma lui ha un segreto che potrebbe condizionare la loro passione...

EDGAR ALLAN PARTY

Abel Prosperi, scrittore di fama mondiale, organizza una festa nella sua residenza, ispirandosi a un racconto di Edgar Allan Poe. Durante la festa, elettricità e tecnologia sono proibite. Giada, una giovane giornalista, viene invitata all'evento e resta colpita non solo dall'atmosfera - identica a quella del racconto - ma anche dal fascino oscuro dello scrittore.
La festa libera gli istinti, anche erotici, degli invitati: ma qualcosa di inquietante sta per accadere...

LO SCONOSCIUTO CHE MI GUARDA

Sofia è una giovane donna che possiede a Venezia un negozio di bigiotteria. Un giorno, davanti alla vetrina del suo negozio, si apposta un giovane senzatetto. È vestito con un cappotto logoro, ha il viso coperto da cappello e sciarpa e trascina con sé un sacco di plastica, colmo dei suoi poveri averi. Il clochard fissa Sofia per alcuni minuti e poi va via. La storia si ripete per giorni, finché Sofia, infastidita e spaventata, lo scaccia. Ben presto, però, scoprirà che quel clochard possiede un potentissimo magnetismo erotico. Tra Sofia e il senzatetto inizia così uno strano e sensuale gioco. Ma qualcosa non torna...

Elaborazione e Progetto Grafico a Cura di Giulia Amaranto
Foto usate: Free for Commercial use, pubblic domain, pubblico dominio.
https://pixabay.com/it/nudo-parte-superiore-del-corpo-1847866/
by Calibra

www.ingramcontent.com/pod-product-compliance
Ingram Content Group UK Ltd.
Pitfield, Milton Keynes, MK11 3LW, UK
UKHW040012200726
13854UKWH00001B/166

9 781794 176348